KB260684

이·현·정·제·6·시·집

그대에게

한누리
미디어

차 례

1부

그대에게

2부

차 례

차 례

5부

6부

그대에게

차 례

7부

그대에게

8부

차 례

9부

10부

그대엣게

차 례

1부

내일

굳게 입을 다문 약속과도 같이
믿음이 간다

오늘의 실망도
'한 번 더!' 를 외치는 내일은 희망이다

내일은 영원한 첫 걸음이다
열리기 위해 있는 꿈의 문이다

문 밖에 무엇이 기다리든지
내일은 미래의 시작이다

내일의 기대에 믿음을 걸고
우리 모두 끝 모를 내일에 산다

산수유 꽃

마을 산 자락에 느닷없이
노오랗게 산수유 꽃 피었다

마치
동화의 나라에 꽃 나무처럼
잔설이 잠든 산 허리에
잎보다 먼저 꽃이 피었다

유달리 길 눈이 밝아
계절 앞서 튀는 꽃,

겨울 나뭇가지에 몸을 푼 꽃이
온실 속에 구차한 마음을 아는지

눈 먼 기다림 등 뒤에서
눈부신 기다림 콧잔등에
산수유 꽃등 밝혔다

봄이 오는 길머리 등대지기 같이
꽃 소식 줄줄이 이끌고 있다

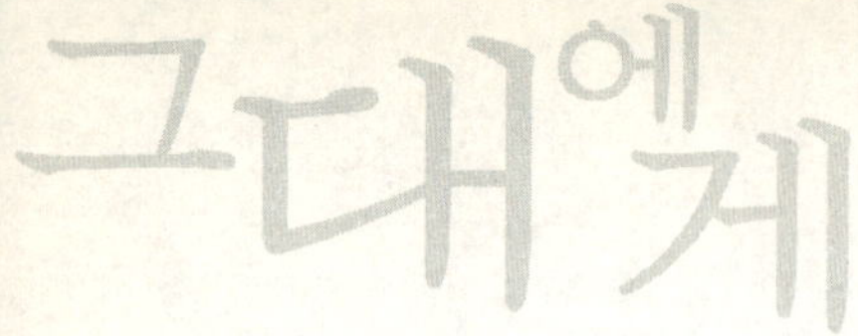

두루미

검은 겨울 숲 위로
두루미떼 쏜살같이 어디로 가나?

노을빛도 허물어지는
하늘 가로질러
어둠을 업고 두루미 떠나간다

천년을 산다는 겨울 손님
가지런히 날아서 아름다운데
서러운 정이 앞서는 건 무슨 까닭인가

내가 타고난 추위 때문이다
막막한 길에 길들여진 외로움 탓이다

하늘도 울먹한
모진 겨울 떠나는데

두루미 따라
망건 쓴 마음이 망향의 길을 떠난다

5월의 환희

보리 밭 이랑에서 윤기 흐르는 초록 빛 바람을 만났다
정겨워 그 자리에 한 동안 서 있었다

돌아보면 외로워질 것 같아 앞만 보고 가다가
산 허리를 두른 숲에 눈길을 던졌다

5월의 벗은 몸! 산의 살빛은
너무나 부드럽고 다양한 초록이었다

그대에게

강둑에 내려앉은 팔각정 뜨락에서는
무더기진 할미꽃 보고 나도 모르게 손뼉을 쳤다

할미꽃은 너무 깊게 고개 숙이고들 있어
하마터면 놓칠 뻔한 만남이다

얼마만인가, 그 옆에 바우나리(돌 단풍) 있다
풍요로운 잎새 위에 잘디 잔 기쁨의 꽃 재잘거려
마음은 밝아도 눈이 아리다

금낭화 줄줄이 줄기가 휘어지게 매달려

무언가 더 많이 보여줄 것이 있는 듯해도
주머니 꽃이 대개 그러하듯 내용은 의외로 단순하다

산당화 돌배꽃 화사한 그늘 아래
환희의 5월 첫 나들이 길은
남한강 기슭을 따라 흘렀다

그대에게

해안 산책 길

제주도 남원에
현무암으로 빚은 산책 길은
아슬아슬한 절벽 위 곡예길이다

해안선이 굽이칠 때마다
바다가 하얗게 몸을 풀고
갯바위가 기괴한 파도 소리를 토한다

꽃과 나무가 만나고
풀과 바람이 서로 반기고
꼬부랑 길이 사람을 이끌어 바다가 궁금할 즈음이면
의자가 나타나 쉬어가라 한다

그대에게

색안경 너머
오늘의 수평선은 굵은 띠를 둘러 있다

뜨거운 햇살에 하늘색이 바래어
바다가 상대적으로 호탕한 모양이다

낚싯배가 늘어서서

그대에게

먼 바다 생각에 비린내가 심심치 않다

예술회관 뒷뜰 치맛단 같은 길이
낭떠러지로 일어선 바다는 통쾌하다

결코 잊을 수 없다

그대에게

파도 밟기

바다를 찾은 날
나는 등 뒤에 세상을 부려놓았다

파도는
바다가 나를 찾아오는 소리마냥
시름을 씻어주고

오르락 내리락
우리는 땅 따먹기 한다

파도 밟기와 발자욱 지우기다

가슴 아린 바다의 혓바닥은
나만 나무란다

그래도 나 하나에 여념이 없는
겨울 바다가 좋다

바다가 있어
진지한 세상을 돌아보고

그대에게

파도가 있어
진정한 바다를 안다

그대에게

건널목

따뜻한 겨울인지
추운 봄인지

의문이 고개를 드니
의문으로 그늘지네

광활한 대지의 품안에
잠시 깃들었다 떠날 사람아

건널목에 도사린
황홀한 우수를 보는가

혼자 있으면 가득한
고요에 빛이 드네

과수원

이글 이글 타오르는 햇님이 다스리시고
그를 사모하는 달님 지극하시어
열매 맺는 여름으로 가고 싶다

땀 방울마다 단물 스미는 농심에
목을 돌리지 않는 해바라기로 있고 싶다

녹음 출렁이는 소나기 사이로
발빠른 천둥소리 시심을 키우는 과일은
하늘에 비밀스런 고향을 두고 있다

과수원을 누비던 힘찬 목소리의 주인공들은
개성으로 있고 사랑으로 있고 웃음으로도 남아있건만

여름 한 켠에 더위 쓰러져
색 안경 앞세운 뜨내기 마음이 허물어진다

햇님 산중에 쉬시고
달님 수궁에 드신 뒤
별들 깊숙이 열린 은신처,

과수원 이야기 아름다워라

가을에는

가을에는 비 오지 마소서
가을 타는 외로움만 울게 하소서

가을에는 바람 불지 마소서
나그네 마음만 길 떠나게 허락하소서

가을에 피는 꽃은 여유가 없고
가을을 사는 마음은 가난하여
가을이 젖으면 아픔이 미어집니다

허무한 생각들이 가벼이 날아
투명한 하늘 보게 하시고
아래로 나딩굴지 않게
햇님은 미소지어 주소서

단풍잎 붉게 물들기 전에
물 오르는 근심 있사오니
가을에 시드는 마음을 소홀히 하지 마소서

그대에게

겨울 안개

삭막한 풍경을 끌어안고

감회에 젖어 있는 겨울 안개 속으로

자욱히 가슴이 아파 오는 님의 침묵

그대에게

2부

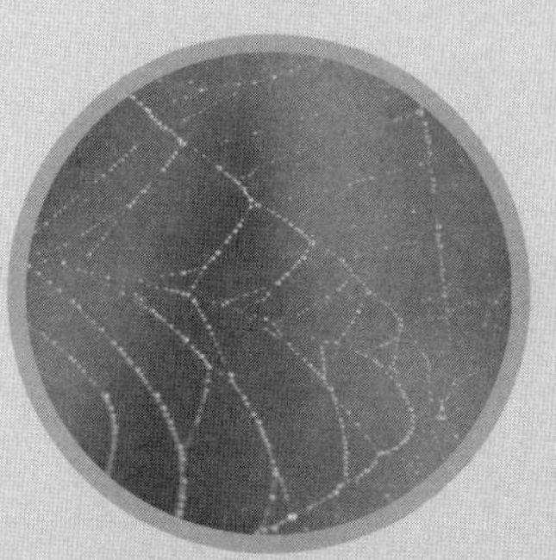

봄을 적시는 비

비 속을 걸어
꽃 속에 섰다

비는 소근 소근 귀엣말을 적시고
꽃은 솔깃해서 고개를 끄덕인다

꽃 향기 아롱지는 마음을 세워
농부의 흙손처럼 봄을 가래질하면

북상하는 벚꽃을 따라
이 봄은 제주에서 설악에 이르는데

한라에서 백두까지 무등타고 출렁일
그 봄은 얼마나 흡족할까

봄을 적시는 비를 맞으며
세월의 응어리를 풀듯이
멀고도 드넓은 날의 봄을 기린다

꽃밭에서

개나리 진달래 벚꽃 목련은
들쭉 날쭉 피었어도 그지없이 온화하다

무슨 말로 이 봄을 이야기하랴
누가 있어
내 작은 기억의 보물창고에
술렁이는 이들을 가두어 두랴

어느것 하나 소홀하게 대하지 않고
고루 꽃피우는 아리따운 봄,

봄이 묵인한다면
꽃밭에서 맴을 도는 빈 마음 거두어

봄을 따라 봄과 함께
봄이 가는 길로
가고 싶어라

꽃밭에서

산들바람

산들바람에
풀냄새도 깨어난다

날짐승 둥지 떠나고
벌레 소리 장사진을 이룬 한낮에

실버들 귀밑머리 푸는 소리 따라
산들바람 불어온다

짙은 그늘이 좋아
생각이 속살을 드러내면

여우비 잦은 시냇가에
호드기 불던 아이들 그리워진다

그 이름 흐려진 기억에도
시간이 다녀가고

완전을 가장한 침묵의 집에
산들바람 잘못 찾아들었지만

따분하다 하지 않고

바람은
스스로 새로워진다

그대에게

4월의 노래

나날이 새로운 날을 노랫말이 따를 수 없어
절로 나오는 콧노래가
멀리서 들리는 휘파람 소리처럼 경쾌하다

자기 과시에 나선 나무와
흙 속에 움트는 생명의 반란,
풀잎과 꽃눈이 시각을 다투는 빛깔의 혼돈,
그런 것들로 4월은 날마다 힘을 얻는다

햇님도 정에 끌려 이 땅에 기울고
모든 아름다움을 아우르는 대지는 흡족하다

일생이 길이라면
일상은 넓이인지
4월의 표정이 이토록 눈부셔도
보고 느끼는 만큼만 내 것이다

큰 나무 가지 사이 사랑에 감전된
해도 달도 나도 오직 하나다

별천지를 실현하는 구슬 같은 나날이
정성으로 빚는 4월엔
응달에도 웃음꽃 핀다

그대에게

비 오는 하루

비옷 입고 모자 눌러 쓰고
빗길을 간다

어깨에 내리는 비는
연신 마음에 와 닿는 소리를 속삭이고
거리를 오가는 사람들은
외모보다 내면에 충실한 모습이 좋다

그대에게　예상을 빗나간 비가
빗금을 그으며 대로를 휩쓴다

잠시 비를 피해
빌딩 아래 초췌한 사람들 틈에 끼어든다

오랜만에 사람의 온기를 느낀다
웃는 눈빛과도 마주친다

차도를 달리는 자동차도 조금은 조심을 하고
인도를 오가는 여인의 짙은 화장도 조금은 마알간
젊음을 드러낸다

비가 와도 가야 할 곳이 있고
해야 할 일이 있는 도심은 건강하다

이제
꽃도 풀도 뿌리에 신경을 쓰는 그 어디로 가고 싶다
비옷 입고 모자 끈 동여매고
파종하는 사람의 들판을 멀리서나마 만나야겠다

그대에게

순간을 살아도 영원을 살 것처럼

예상을
웃돌기도 하고
밑돌기도 하는
이상기온 휘하에

한파와 홍수와 가뭄에 폭설 같은
우울한 환경 속에서도

가을 끝자락에 매달린
이 땅의 단풍은 기억되고 싶다

눈부시게 화려했던 옛모습은 아니지만
자신을 표현하는 적극성이 예술이다

순간을 살아도 영원을 살 것처럼
뜨거운 혼줄로 가을을 증언하고
사람을 증인으로 뜻을 이룬다

뭇 예술은
영원을 잠들지 못하게 하는

인간 정신의 전천후 승리다

예상을 웃도는 사람의 지혜가
이상기온을 평정할 미래를 향해
단풍은 져도 저리 붉다

오솔길

풀섶을 파고드는 그리움처럼
오솔길은 먼 길을 가고 있었다

자전거 바퀴처럼 줄을 서게 되니
명상을 놓지 않은 사람은 깊어지고
애착을 놓지 못한 사람은 외로워진다

앞사람은 허공에 말을 하고
뒷사람은 뒷꼭지에 이야기 하니까

나는 혼자여서 이 길이 제격이지만
어제는 발등이 젖어 더는 멀리 갈 수 없었다
오늘은 물에 잠겨 시작이 보이지 않는다

내일은 더 나은 내일을 위해 멀어져 가고
그리움이 그러하듯
오솔길은 끝내 애석한 최후에 이르리라

저무는 가을에

낙엽은 이제
쉬고 싶다.

머리에는 몸이 상한 낮달이 뜨고

움츠린 것들이 저마다
은신처를 찾아드는 저물녘

먼 빛의 늦가을 산도
그 고운 치레를 벗는다.

검은 손이 등을 밀듯
쉬이 해 떨어지고

어스름 길에
쉬엄 쉬엄 유언 같은 꽃이 피어
공복에도 이처럼 가슴이 아픈가.

순환의 길

격렬하게 타오르던 단풍 잎 떨어진다

암울한 땅 위에 가을이 내린다

낙엽 사이 지나
가을 길을 걸어
내 귀에 신비한 울음 소리 들린다

마음 둘 곳 몰라 슬픈 겨울 교신이
어디서 모진 마음 다스리나 보다

앓지 않고 하얗게 눈 쌓이는 사랑을 알랴
눈 녹을 줄 모르고 천진한 봄이 오랴

연초록이 초록을 부추겨
초록끼리 겨루는 격정 끝에
붉게 물든 단풍 잎 떨어진다

사랑이 떠나가듯
돌아설 줄 모르는 가을이 간다

겨울 강

겨울 강에
몰라보게 늙어 버린 산이 찾아 들었다

산을 배려하는 빈 말처럼
시간이 숨쉬는 소리가 들린다

겹겹이 쌓인 산의 의지는
환생을 꿰뚫어 보는 것 같고

순리에 맡겨진 강의 안일은
윤회를 따르는 것같이 보인다

곡절이 많은 산의 시간 살리기나
속절없는 강의 시간 죽이기나
몸소 닦은 명성이다

백발의 겨울 산도
기다림이 긴 겨울 강도
이 몸이 이 한 세상이라 한다

그대에게

겨울 강에
산 그림자는 우연이 아니었다
만남은 날로 엄숙하다

그대에게

3부

봄의 소리

봄을 부르는 비가 오는데
봄은 보이지 않고
꽃눈 비비는 바람이 손짓을 한다

사방에 봄의 소리 넘실거리는데
한 목소리 들리지 않아
뒷걸음치는 사랑 이야기 없어도
젖는 것은 죄다 정겹다

물안개 자욱한 들길을 누비며
어깨춤 추는 바람이
풀잎에 앉아
지워진 발걸음 소릴 듣는다

맨발의 황톳길

계곡을 비집고 새어나온 물이
은근히 흐르는 산비야에

구청에서 조성한 맨발의 황톳길은
온갖 꽃 피고 지는 화단을 끼고 다단계로 이어지며
아차산 들머리를 장식한다

발바닥을 자극하는 돌 길에 앞서
발을 씻는 물은 흘러 한 평 남짓 논을 일구고

논물은 다시 흘러 한 눈에 들어오는 못을 만든다

못 속에 인어 공주는 우리 동네 순이를 닮았는데
외로 꼰 허리선이 전설처럼 요염하다

운치 있는 나무다리는 풍치 있는 나무집에 이르게 되고
난간에 기댄 붙박이 의자는 주민의 칭송을 기다린다

건강 다지기에 이어지는 마음 가꾸기 차례다

그대에게

물끄러미 물길을 지켜보면 천진한 마음이 찾아들어
언제 어디서 사건이 터지고
사람이 사람을 다치게 하는지 먼 나라 이야기만 같다

전에는 개구리 소리에 이끌려 어둠을 응시하던 이곳에
지금은 외등이 늘어서서 혼자 걸어도 그리운
무공해 정신을 가꾸고 있다

버려진 땅에 낙원을 실현한 그 정성 아름다워라

삶

시간은 영원히 새롭게 태어난다

공간과 맺어진 우리의 시간은
어느 시점에
어느 지점을 지나는지

기억은 흘러 시간을 지우고
우리는 알면서 시간을 잃는다

햇살 아래 양산처럼
비 속에 우산처럼
잠시 머물다가
무궁토록 잊혀진다

별도봉 기슭 길

산이라고 보기엔 너무 아담하고
언덕이라 하기엔 봉우리가 우람하여
젖 무덤 같은 땅이 제주도의 오름이다

일몰이 일품이라는 사라봉 옆에
바다를 끼고 절경이 넘실대는 별도봉이 있다

오름을 오르는 큰 길 마다하고
바다와 맞물린 기슭 길에 들어서니
폐 타이어를 재활용한 기발한 솜씨가 뻘흙을 잠재운다

새끼줄처럼 마름질하여
얼기 설기 마무리한 고무 깔게 사이로
새 생명은 파랗게 살아 있고
그 위를 거니는 사람의 발길은
오르막도 내리막처럼 발랄하다

절경은 절로 있어도 명성은 사람에 의해 태어났다

늙은 소나무를 비집고 몸을 비트는 바다는

햇빛에 눈이 부신 비늘을 일으키며
굽이치는 길을 따라 할 말을 잊게 한다

북서풍이 불어 별난 기질 지닌 섬에
은박지에 싸인 사탕 같은 날들이 봄을 부추긴다

수평선이 수줍어 어디가 바다인지 하늘 끝인지
궁금증을 덥히는 아지랑이 때문에
시간은 무한정 새로워진다

정

사랑보다 온화하고 정갈하여
속으로 웃고 울다 멍하게 앉은 진심,
정 하나만으로 가득했었네

넓고도 너그러이 빈 자리 채우고
아픔은 나누려 하나
마음뿐이어서 미안했었지

보일 듯 말 듯 스미는 정에
부담이 없어
만났을 때 말 없어도
마음 편안했었네

외로움을 끄덕이며
서로를 지탱하는 힘,
정은 은연중에 철저했었지!

안개꽃

안개꽃은 외로움을 타는 내 마음의 꽃이다

밤하늘의 은하수처럼 어우러졌어도
슬픔이 서늘한 이야기 꽃이다

홀로 무엇을 할 수 있으랴
뭉쳐서 무엇인들 할 수 없으랴

장미를 받들면 장미가 돋보이듯
강열한 개성을 뒷받침하여
판을 어울리게 배려하는 꽃,

혼자 피지 않는 안개꽃은
혼자 파고드는 생각 속에
왜 이따금 울음이 터지는질 아는 꽃이다

안개꽃 자욱히 피면
달빛의 환상이 땅 위에 꿈을 이루는 것만 같다

가만히 있어도 흐름을 이루고

흩으로 미미하나
여럿의 속삭임이 은밀하게 머무는 추억의 이름

안개꽃에 이끌리어
나직한 목소리로 화음을 내는
그런 마음 그리워라

그대에게

친구

8월에 들어서며
한 해의 허리가 굽어진다

남들은 늦더위가 짜증스럽다는데
친구는 늙어가는 더위마저 아쉽단다

돈과 시간 중에
시간이 더 좋다는 무공해 친구는
삶의 위안일시 분명한데
왜 나를 적시는가

공해 속에 비실거리고
시대 정신에 뒤처지는 게 보기 싫어 그렇겠지?

안 보면 보고 싶어 또한 그렇겠지?

잠자리

도시의 녹지대를 비행하는 잠자리는
시대를 초월한 멋쟁이다

투명한 두 쌍의 날개만으로
여름 하늘이 거기 있는 의미를 살린다

화살표를 닮은 몸통이
민들레 홀씨처럼 내려앉아
날개의 피로를 푸는 잠자리 곁에서
처음 만난 평화에 감전되었다

산뜻하고 아름다운 긴장을 향해
사랑을 듬뿍 실은 햇살조차 눈이 부셔

산자락 휘감은 방천 둑을 유유히 날던
꼬마시절 왕 잠자리 보고 싶어라

등푸른 왕 잠자리 다리를 묶어
더 많은 잠자리 낚아채던 심술쟁이
우리의 왕초도 생각난다

옆 줄 무늬가 탄력을 받는 몸통을 동그랗게 짝맞추어
암컷을 등에 업은 수컷의 사랑은 오묘한 예술이었지

왕눈이 왕 잠자리 어디서 다시 보랴
멀리서 바라만 볼 수 있어도
한 세월 잃어버린 시름을 잊고 여름 하늘을 비행하련만—

그대에게

어떤 문답

오랜만에 나타난 중학 1년생 손자가 물었다

"할머니, 마음은 어디 있어요?"
암담해진 할머니,
혼돈을 수습하며 대답했다

'마음은 상황에 따라 달리 있지—
생각이 고상할 때는 머리에 있고
감정에 치우쳐 있을 때는 가슴 속에 있고
욕망에 사로잡히면 배 속에 있다가
천한 생각에 붙들리면 배꼽 아래로 내려가지'

'그러니까 마음을 조심해야 하는 거야'

어떻게 조심하는데요?

너무 사랑하고 너무 미워하고
너무 좋아하고 너무 슬퍼하는 것이
다 뉘우칠 일이니까 반대편 입장을 염두에 두란 말이지

그럼 마음이 무어라고 생각하세요?

가만히 있으면 공기 같은 것
마음 먹으면 이슬 같은 것
잘못 다스리면 뜨물도 되고 구정물도 되는 것 같아

아무런 의심없이 손자는 진지한데
할머니 마음은 그게 아니다

그대에게

'나는 늘 마음의 감시를 받고 있으면서
네가 어리다고
마음이 마치 몸 안에만 있는 것처럼 말했구나!'

겨울 여행

심하게 상처받은 파도소리에
뭍의 슬픔이 사라진다

겨울은 마지막이자
또 다른 시작을 준비 중이다

불운은 어떻게 달래고
행운은 어떻게 사귀는지
겨울이 무르익은 바다를 익힌다

하얗게 머리가 센 숲길에서는
탄력을 받은 고요가
나를 감당하는 발자욱 소리에
시름을 잊으며

겨울 깊숙이 길을 간다

만남은 우연히 이루어져도
이별은 어김없이 찾아오는 길을—

4부

입김이란

사람의 입김은 촛불을 끄기도 하고
불씨를 살리기도 한다

입김이란,
한 순간에 만들어지는
아주 미미한 바람이지만

작게 시작하여 크게 일구어 낼
우리의 잠재력이다

그대에게

봄의 행열 속으로

시작은 엉성하고 어수선하지만
갈수록 뿌듯한 봄의 행열 속으로
밤이 가고 낮이 오고
사람이 두드러진다

얼어붙은 경기에 추위타는 마음도
사랑이 한심한 삶의 짝꿍도
꽃 물결 거슬러 노저어 보자

겨우내 웅크렸던 마음 출렁이며
꽃 다투어 피는 사연에
사랑이 뜨겁다

나사못

안식처를 찾은 나사못은
수명이 다하는 그 날까지
삶의 현장을 지킨다

욕심이 널뛰듯 하는 망둥이 마음 떠난 자리에
아쉬울 것 없는 가난뱅이 마음으로—

그대에게

힘들여 사는 사람이 힘있게 웃듯이
골돌한 사람은 혼으로 웃는다

삶을 달구는 거친 목소리나
혼을 가꾸는 낮은 숨소리가
다 함께 몸바쳐 가는 길에

사랑마저 부담스러울까봐
몸을 낮추는 나사못은
진지한 사랑의 초점이다

허물을 씻는 눈물

크리스마스 캐롤이 처음 울려 퍼지면
하늘 나라 영광에 물들던 기분 어디로 갔나

공룡의 망령 같은 정치 놀음에
경제는 마구잡이 사냥 당하고

한 해의 막바지에 성큼 다가선
연륜은 아득히 아파온다

버림받은 아이들의 기다림은
문턱을 넘지 못해도
가난에 갇힌 어버이의 기력은 영하권이다

모두의 어제와 그 그제를 통털어
언제 웃을 일 있었을까 마는
우리의 더 먼 내일이 창백하다

어린이의 하염없는 눈물로 하여금
어른의 허물을 씻을 것인가

그대에게

발버둥치는 민생의 울음 앞에
허물을 씻는 눈물의 경제도
부끄러워 죽는 정치도 없는가

그대에게

흔들의자

낯 익은 정서에 취해
그 무릎에 앉았다

흔들의자 위에서는
살아있는 표정이 없다

몸이 뒤뚱거리고
연정에 혐오감을 느끼면
마음 속에 심해의 신비가 나부낀다

해초도 햇빛 따라 위신이 서듯
흔들의자에도 삐걱거리는 위신이 있다

바삐 돌아가고 싶어도
쌓인 게 많아
곧잘 산 너머 산이 보인다

신을 의지하여
피를 부르는 굉음 사라지려나

중심을 흔들어
그렇지 못한 의자에 비해 행복하다

그대에게

사철 사랑

혼자
역광에 노출된 시간의
털 고르기를 하고 있다

떠돌이 시절 감성이
외톨이 시절 양식이기에,

주름진 내 얼굴은 보이지 않아도
내 안에 잔잔한 줄 무늬는
삶의 지표에 양지와 음지가 빚은 신비다

동행이 알아보는
베일 속에 알뜰한 사철 사랑이다

주름살 교정은
인생의 참 면목을 훼손한다

사이버 세계에 본명처럼
존중되어 마땅한 주름진 얼굴!

그대에게

이 세상 그 무엇보다
조심스럽게 접근해 온 진실 앞에
내가 편안하면 남도 편하다

그 누구도 흉내 낼 수 없는 나만의 시간,
시간의 숨 고르기를 누가 대신 할 수 있으랴

그대에게

배낭 메고

생명의 신호로 해가 뜨고
해는 떠서 하늘에 머물지 않고
육지에 바다에 형형색색의 삶을 누린다

배낭 메고 지팡이 짚고 흔들리는 그림자를 주목하다
해 저물고 눈 비 오고
윤리가 염증을 일으켜도
생명에 초점을 맞춘 온갖 것이 사랑의 번영을 꾀한다

사랑은
자기 안에 자유로운 타인을 두고자 해도
사람들은
사랑의 덫으로 사랑의 짝을 사냥한다

그로부터
자연의 순간으로 돌아간 사랑은 길을 잃고
길은 제 길이만큼만 기다리다 돌아선다

그림자 하나 건진 이 없어도
배낭 메고 떠난 길에 지평선은 보이지 않고

민음과 사랑이 똑 같은 달이 떠서
물 같은 마음 속에 머물러 있다

물은 흘러 수많은 달이 노닐고
길은 길을 익히는 데 익숙해진다

생명의 신호는 이어지고
초점은 스스로 자신을 조절하고
그리고 배낭은 끝내 비워진다

위령 시

이렇게 분통이 터질 수 있나이까
대구 지하철 전동차서 정신 질환자가 불을 질러
귀하디 귀한 목숨들을 무차별 앗아갔습니다

부지런히 삶을 가꾸던 가족들을 무참히 잃고
유족들이 통곡하는 눈물 바다에
이 땅의 충격이 너무 커웁니다

끔직한 재앙 뒤에
또다시 불거진 안전 불감증에 늑장 대응이라!

한 명이라도 더 구하려다가 자신의 생명을 잃은
지하철 직원은 누구의 자식이며
국민의 목숨을 담보로 인화 물질 헐값 시공을
묵인한 관계자는 누구의 어버이인지요

비리에 놀아나는 천문학적 숫자를 아는지 모르는지
오늘도 세상에 돈보다 독한 것은 없고
사람의 목숨보다 약한 것은 없다고
한탄하는 발걸음들이 사고 현장 부근에

국화꽃 행열로 이어지고 있습니다

공포의 도가니에서 고통스럽게 가신
우리의 형제여 울부짖는 자매여!

이제
살아있는 사람들의 눈물과 한숨으로
영혼을 맑게 씻어주소서

그대에게

전 국민이 바치는 애절한 사랑으로
땅에서 이루지 못한 온갖 것 하늘에서 누리시오소서

질항아리

내 안에 시간은 왜 빗소리를 내는 걸까
소리나는 흔적을 따라가면
뒷걸음치는 시간을 만날 수 있을까

이 몸을 빚은 손
이 마음을 키운 손
그 손의 근면성은 배움이었지
삶의 보람이었었지

태풍이 지나가도 멀쩡하게 살아있는 외로움은
안에서 일어나도 바깥이 궁금하다

변방으로 치우치는 변화에 밀려
서서히 사라지는 명성은 어두워

이 속을 채우고 이 마음을 비워준 옛 사랑도
지금은 심상치 않은 상처를 남긴다

내 안에 기다림은 왜 목이 타는 걸까
비소리를 따라가는 빈 마음은
젖지 않고 왜 이리 무거운가

겨울 저녁

나즈막한 하늘은 솜 이불에 싸여 있다

하늘은 내 고장을 품에 안고 눈꽃을 뿌린다

눈꽃은
추위를 먹고
어루러기진 기쁨이다

누추한 세상 감싸주며
우리가 모여 사는 빈 틈을 아우른다

겨울 속에 태어난 하얀 세상은
살아서 맛보는 하늘 나라다

겨울 저녁 풍경 속에 외등이 일어서자
눈발에 힘이 실리고
창마다 불이 켜지자
어둠이 무색해진다

가슴에 불씨를 품은 사람들이 돌아오는가

풍경은 명상에 들고
겨울은 본심에 든다

부디
가난한 사람의 겨울나기에 축복 있어라

5부

아침

아침은 축복이다

온 누리에 생기를 불어 넣는 힘으로
아침이 온다

만남의 마음은 아침에 태어나고
기다리는 마음은 저녁에 깊어지는지
기다림에서 벗어난 아침은 희망이다

뿌리에 힘을 주는 생명의 환희가
햇볕에 자신감을 드러내지 않는가

빛을 북돋우는 아침에
묵은 마음 새로워지고 목마른 곳에 이슬 맺혔으니
평화로운 빛의 열성이 이루지 못할 바 있으랴

날마다 신선한 피를 수혈하듯
아침이 밀려오는 누리에
아픔이 잊혀진다

아침은 깨어 있는 축복이다

복사꽃 피는 고향

내 고향은 산과 들이 굽이굽이 마을을 에워싸고
강과 바다가 서로 만나 삶에 활기를 불어 넣는 곳

복사꽃 축제가 열리는 이 맘 때면
나는 타향에 있어도 고향에 취한다

복사꽃에서는 복숭아 향기가 나지 않는데
내 마음 속에는 복사꽃 꽃물 번질 때
복숭아 향기가 눈물처럼 고인다

겨우내 살이 찌는 영덕 대게 끝물에
꽃 분홍 유혹이 인근을 물들이면

땅이 낳고 사람이 가꾼 것 가운데
하늘 아래 태어난 빛깔이
복사꽃보다 고울 수는 없다

그 곳에 마음 이끌려
멀리 떠나 온 슬픔조차 아름다워지는 봄에
핏발 선 그리움이 복사꽃보다 붉다

5월의 양지와 음지

청량함이 제철을 맞은 5월이 오면
햇빛 아래 초록이 으뜸이다

그림자조차 발랄한 자연 속에
올해도 구호처럼 가정의 달은 떴다

그대에게

가정이 동강 나
버려진 아이 찾는 소식보다
그들을 울리는 나들이 소리 시끌벅적하다

부모의 과보호와 학대 사이
아이들은 비만을 앓고 더러는 상처를 앓는데
그들 위에 흥청 망청 카드 빚 있다

누가 유인하고 조장했는가
대책없는 정책에 서민이 시들고 사회 악이 살찐다

자식을 위해 살아온 노후가 고달파도
비자금 천국에 복지 사회는 아득히 멀고

어버이 날 빙자하여 잠든 불효 깨우는 소리에
가정의 달이 구름 뒤에 숨는다

새 잎 돋은 나뭇가지 드넓은 가슴 열고
땅 위에 새 풀 융단 파랗게 깔리는데—

봄 밤

뿌듯한 봄이 밤을 불러
소리없는 대화에 익숙한 마음이 길을 거닌다

5월은 정겨운 풀꽃들의 달인데
높은 산 깊은 계곡 그 어딘들
야생화 피지 않고 이 봄을 지나치랴

그 이름 속으로 뇌어보지만
꽃 대신 쌉쌀한 산나물 향취가 길을 연다

백두대간 능선에 오른 찬란한 아침은
남의 눈을 빌어 내 안에 피었어도
추억으로의 여행 길에
나는 그 꿈길을 키우고 있다

같은 추억을 만들 이 없어도
보이지 않는 아카시아 향기 날고
봄 밤이 길을 물어
외톨이 마음에 경고등이 깜박인다

푸념과 체념 사이

문득 없어진 게 생각나고
까맣게 잊은 것이 은연중에 나타난다

나를 풀어헤치고 비우는 푸념과
나의 중심을 세우고 채우는 체념 사이
과거의 비중이 너무 크다

벼랑 끝에 밀려도
평지에 닿을 텐데
무심히 지나쳐 간 사람이 모두 대견하다

초자연적인 명상을 하고
자연 친화적인 삶을 사는 사람 그리워
내 안에
퇴화와 진화가 함께 이루어진다

운명도 향상 발전하는가

푸념이 수선되고
체념이 수정된다

뻐꾸기

올해는
뒷산의 뻐꾸기 소리
유달리 크게 들린다

해마다 5월이면 찾아오는 뻐꾸기
만나서 반가운 계절을 읊으니
다시 녹음이 우거진 줄 알겠다

그대에게

스무 다섯 해를 한 곳에서
한결같이 저 소리 들으며
나는 늙어 말문이 막혀도

뻐꾸기는 가슴 벅차게 울어
산에 들에
왁자지껄한 생명의 합창이 시작되리라

너를 더불어 여름이 시작되고
사랑이 열매 맺어
또 한 해가 무르익겠지

옛날을 회상하듯
뻐꾸기 울면
나의 산의 적막이 넘쳐
돌 다리도 한참을 두들겨 보게 한다

그대에게

사랑의 보금자리

그리움이 분수령을 이루는 거기
보고 싶은 사람 한 자리에 모여
사철이 두드러지게 살고 싶다

서로 북돋우고
서로의 울타리 되어 주고
밤이면 저마다 한 몫을 하는
한 밤의 이야기 소리 듣고 싶다

온 몸으로 하루를 열연하는 아가와
꾸벅 절하고 희죽 웃는 청소년 바라보며
그들의 등 뒤에서 평안을 누리고 싶다

사랑이 안쓰런 일상에 가려
제대로 피어 보지 못하더니
짧은 날 긴 밤 없이 휘어지는 생각이 꼬리를 문다

벽

벽은
안을 보호하고 바깥을 경계한다지만
벽은 높을수록
그 안에 겁이 많아 보인다

이렇게
잎 푸른 계절에도
벽 속에 갇힌 골목은 삭막하다

마치
물을 가두는 벽처럼 겁나게……

분수

부지런하면 부러울 게 없는 초여름 햇살 아래
기억이 튼튼한 분수가 물을 뿜는다

덥혀도 끓지 않고
식혀도 얼지 않는 참을성이
생명의 소리로 이어져
무지개 빛 기쁨이 바람을 일으킨다

그대에게

자연 사랑의 풍미를 더하며
살 맛나는 삶의 현장에 꽃피는 분수!

너로 하여
추억은 한 단계 층수를 높이고
사람들은 꽃다운 마음으로 하늘을 본다

겨울 사랑

겨울은 혹독하지만
삭풍에 견딘 정신은
사랑에 깊이 길들여진다

반도의 해풍을 맞은 효험은
맛과 질에 있어서도 각별하다

사철이 분명한 이 땅의 겨울은
이듬해 질병을 없애는 구실도 겸하고 있다

세상을 특별하게 감싸주는 눈이 있어
멋진 그림 함께 그릴 추억은 꼬리를 물고

숨어서도 싹을 틔우는 씨앗을 보면
오늘의 미련이 내일의 믿음으로 굳어진다

겨울이 오가는 길목에서
잃은 슬픔도 얻은 기쁨도
감명 깊은 삶의 어부지리다

겨울 하루를 마감하는 순간에
그 더욱 장엄한 겨울 햇님 그리워

감칠맛 나게 추위를 파고드는
겨울은 연인의 계절이다

그대에게

6부

붓꽃

멋스럽게 줄거리를 펼치는 잎에 둘러싸여
갖은 붓꽃이 피고 있다

백색 황색 갈색 자색
차례로 무늬진 꽃포기 풍만하고
하얀 점 노랑 붓꽃 옆에
꽃 창포 짙은 빛깔 소담하다

원추형 줄기 끝에 부푼 꽃 송이는
선비가 아끼는 붓 모양 고고한데
흐드러진 포기들은 시중 통 큰 여인 같다

꽃 창포는 붓꽃의 형제 꽃인데
창포닢 물에 우리어 머리 감던 그 꽃과는
대궁이 판이하다

물가에 무성한 창포꽃 필 때
야릇한 그 향기 만날 길 없어
땅거미 지는 가슴에
붓꽃은 알록달록
댕기 맨 처녀들의 목덜미를 닮는다

그대에게

겉으로 빛나든지
속으로 맛나든지
그리 하오

투박하면서 정스럽고
세련되면서 멋스러우시오

슬픔에도 위신이 있어야 하고
기쁨도 가볍지 말아야 하오

드러난 아름다움 뒷면도
마땅히 깔끔할 것이며

미소는 잃지 않아야 온화하고
말은 헤프지 말아야지 믿음이 가오

그럼 우리 다시 시작합시다

사랑은 시간을 못견뎌 하고
이별은 가을을 견딜 수 없어요

후박나무 사랑

삼층 난간에 키가 닿은 나무는
꼭 나를 기다리는 창 밖의 연인 같다

아침이 밝기도 전에
후박나무 싱그러운 팔 벌려
나의 하루는 시작이 신선하다

빗발 속에 나무 더욱 늠름하여
여섯도 되고 여덟도 되는 손가락 펼치면
손바닥을 타고 속으로 잦아드는 춤 솜씨가 일품이다

수 많은 겨우살이 기억하면서
가지 끝에 큼직한 믿음의 꽃 피우면
꽃이 진 자리에 깃봉 같은 열매 발랄하다

어렸을 적 아들이 탐하던 그 자리에
지금은 손자가 안달이기에

안타까운 마음에 갈고리 걸어
그 열매 얻고자 애쓰지만

온 몸이 요동칠지언정 열매 하나를 내어주지 않는다

그 같은 후박나무 기개(氣槪)가
나의 후박나무 사랑을 영광으로 이끈다

그대에게

매미 소리

여명(黎明)을 앞당기는 매미 소리에
하루가 일찍 찾아온다

여름도 이제 배꼽 부위에 와 있다

숲의 적막을 가래질하며
소쩍새 어눌하게 울고
풀섶에 벌레 소리 떠들썩하지만
매미의 신명을 따르지 못한다

햇살이 빗살같이 쏟아지는 낮에도
매듭을 감았다 풀었다 하며
매미는 힘껏 생애의 끝자락을 노래 부른다

더위가 기승을 부릴수록
매미 소리 뜨거워

땡볕 더위가 먼 산 정수리를 넘어가야지
그 소리 끊이고
계곡 쪽에서 산의 바람 내려온다

여름 밤을 요동치던 고향의 개구리 소리 멀어졌지만
종일토록 매미 소리 가까이 있어
여름이 거듭 무성하다

그대에게

창포 해돋이 공원

대개의 본가(本家)인 강구항에서
바다를 사로잡는 포장길이 열린다

포항을 가로지른 산업도로 거쳐
화진과 삼사 해상공원 지나
곧장 코 닿은 강구 다리 건너서
작은 등대 등 뒤로
아직은 이름 없는 강축길이 튄다

등 푸른 이름의 고향 마을인 창포에 이르면
해돋이 공원이 눈부시다

일단 멈추어 바닷바람 마시면
가슴의 찌꺼기가 걸러지고

쉼터에 내려가 바다를 보노라면
삶이 마냥 아름다워진다

계단이 이끄는 대로 바다와 만나
파도 소리에 깊이 흔들려 보자

젊어서 죽은 꿈도 깨어나고
애말라 죽은 사랑도 눈을 뜬다

바람벽을 이룬 해당화 붉게 피면
해맞이 터는 꽃구름 타고
사람들은 신세계를 맛보리라

창포 해맞이 쉼터가 높아
해돋이를 기다리는 사람마다
자기가 제일 먼저 햇님과 눈이 맞았다 생각하리라
그렇게들 자신을 사랑하게 되리라

그대에게

조바심

여름은 흡사 황금빛 돔처럼 눈부시다

여름이 가면
느낌으로 있는 젊음마저 사라지려나

딱지 앉고 딱지 떨어지는 근심이
하루를 왕복한다

과수원 주인만이 과일에 봉투를 씌우는 게 아니었다
월급 봉투와 맞바꾼 인생도 빈 봉투 행렬이니까

쌓인 게 없는 허물 같아서 흐뭇한 새벽에
함부로 울부짖는 날짐승 소리에도
속이 쓰린 증상이 나타나는 건 어인 일일까

여름은 아직 옆에 있어도
여름이 무르익은 꼭지가
영 미덥지 않아서 그런가 보다

비 속으로 오는 가을

가는 여름 등을 밀듯 비가 내리네

비 속으로 오는 가을
짙어진 밤에
빗발이 몰아쳐도 몸살이 난다

비 소리는 긴 밤을 지새우고
가슴에는 가난이 가시지 않아

나는 혼자 가을로 가지 않을래

말 발굽소리 · 1

사방을 떠도는 말 발굽소리가 나를 지킨다
시시하게 살지 말라고 발을 구른다

내가 어려서 집안을 맴돌던 시절
아버지가 타시던 말 발굽소리는
장엄하게 바깥 세상을 열어주었다

그대에게

한 때의 부귀영화인양 유언없이 아버지 가시고
나에게는 아스라한 말 발굽 소리만 남아
힘든 고비마다 나를 다스렸다

고향을 등지고 내가 변해도
말 발굽소리 달려 꿈마중 했다
그 꿈에 아버지 계시고 나는 외롭지 않았다

하지만 아버지의 바이얼린 소리는
그 언제 그 누가 연주를 해도
아버지의 숨결로 내 안에 숨쉰다

그 곡목 피할수록 그리움도 병이 깊어

이심전심 이야기는 이어진다
'그 옛날 언약대로 저 서울 왔지요
아버지의 소프라노 딸은 사라졌어도
아버지 없는 세상 서러운 시인이 되었지요'

음색도 퇴색한 갯벌 같은 가슴에
말 발굽소리에는 응답이 없다

그대에게

말 발굽소리 · 2

유달리 말 발굽소리 느렸던 밤에
말 안장 위에 아버지는 정신을 잃고 계셨다

어디서 어떻게 되었음인지
말문을 닫으신 채 병원을 전전하다 3년만에 떠나셨다

3년 상 끝나고 휘둘러보니
그 많던 재산은 남의 소유가 되어 있었고
뒤늦게 법정 투쟁을 벌렸으나 말없이 가신 이의 편은 없었다

놋화로에서 질화로까지 방마다 물이 끓고
온탕에서 노천탕까지 때 맞추어 물이 차던 시절은 짧았다

아무도 가까이 하지 않은 우리의 오만을 탓하듯이
제재소가 불탄 자리에 텃밭은 기름지고
그 안에 우물 또한 깊었지만 푸성귀 타들어가고
술레를 잃은 아이들 앞에 철갱이랑 반딧불이만 법석이었다

살 길 찾아 숨죽이며 떠나왔어도
고질적인 가난과 갈등의 세월은 그 얼마나 길었던지

우쭐했던 한 때가 긴 긴 터널 어디쯤에
아무도 모르는 쥐 구멍 같다

너무나 늦었지만 더 늦기 전에 부리던 사람 집에 밥 빌듯이
이제는 미안하단 말할 차례다

모처럼 지난 날을 조명해 보니
마침내 쥐 구멍에 볕들었네

거덜난 기억의 끝자락에도
추억은 아름다운 아픔이었다

명상

명상이 무언가 했더니
마음을 스승 삼고
몸을 제자로 두는 것이었다

흰 빛에 노출된 시간을 낮이라 하고
검은 빛에 깃들인 시간을 밤이라 하고

밝음이 휘황하지 않게
어둠이 막히지 않게
서로를 밝히는 생각을 따른다

바람 불고 비 오고 천둥이 쳐도
끄떡없는 그 자리 그리워 하며—

고향의 감나무

감나무는 가을에 향수를 불러 일으킨다

지금 쯤 눈에 뜨이게 감이 굵어지고
열매따라 가을이 성큼 다가온 줄 알게 되지

과일 중에 풋풋하고 푸짐한 감은
한 때의 가난을 보살펴 주며
고향을 지키던 친척 같은 나무다

힘들이지 않아도 생긴 그대로
그 옛날 그 자리에 품을 늘리며
정이 듬뿍 든 사이다

떫은 감은 뜨거운 물에 삭히고
단감은 손쉽게 가을을 익히지만

곶감이 되던지 홍시가 되면
한겨울 을씨년스런 마음을 정분나게 하는 맛이다

고향 집 담장 안 밖을 에워싸고

감나무 잎 붉게 타오르면
덩치 큰 그리움에 상기되어 시골길이 붐비지만

서릿발 짙어지고 나뭇잎 떨어지면
가지마다 탐스런 노을빛 감이 익어
꽃보다 영롱한 고향의 감나무!
저무는 하늘 아래 그 빛 더욱 그립다

그대에게

9월 끝날에

피로가 쌓여
삶의 군더더기가 한 몫을 차지한다

우울한 인상을 끝내 씻지 못하고
9월이 썰렁한 끝 날에 이르렀다

추수하고 과일 거두는 일손 보이지 않아
재기에 안간힘을 쏟는 수해지역 둘러보면
국토는 아직도 쓰레기 몸살이다

때 놓칠세라
길 잃을세라
어버이의 자투리 삶이 지레 늙어도

언제 익숙한 모습 되찾고
옛 풍광 보려는지—

남의 발부리도
땅의 돌부리도
짚고 넘어가는 온정 있으나

오래도록 고개 들지 못하는
정신의 향수가 발목을 잡는다

힘겨운 삶이
살 길 찾아 열꽃을 피운다면

결말이 아름답기로
올 가을 낙엽이 으뜸이리라

그대에게

진시황의 지하세계

아직도 발굴이 진행되고 있다는 진시황의 지하세계!

쬐끔 보이지만 그 큰 규모를 생각게 하고
만질 수 없지만 섬세한 사람의 손길을 느끼게 한다

2300 여년 전 천하를 얻은 한 인간이
영생을 시도한 흔적들이다

영생이 육신의 지옥임을 알지 못한 인간 불가사의!
시황제는 지상에 이어 지하에도 육신의 집을 지었다

온갖 음식을 오물로 만드는 자신마저 속이면서
마음껏 누리고 얼마든지 빼앗고 그리고 죽였다

그 폭압 속에서도
인간의 예술성은 눈물겹게 꽃이 피어

영생을 노리는 욕망의 부스러기들이
영원을 모방한 표정 속에 굳어
고고학자들을 열광케 하고 보는 이를 전율케 한다

진시황이 없었다면
부귀 영화를 버리고 영생을 갈구하는
영적 인물들이 나타났을까

그는 분명 어떤 의미의 영생을 얻었다

차 한 잔의 향기

구절초 꽃잎이 떠 있는 차 한 잔에
마음이 달라진다

차는
향기로 마신다고 하고
분위기로 마신다고도 하나

그대에게

그 어느편에 있어도
우아한 여유로 마신다

감꽃과 솔잎과 민들레 뿌리 섞어
차로 태어나는 과정이 소개되니

신선이 되어가는 사람의 길처럼
그 정성 정갈하고 아름답다

인연따라 환경따라 연륜에 따라
빛과 맛과 향기는 서로 달라도
품격은 하나 같은 차 이야기에

갈무리 정신이 돋보이는
문화의 향기가 그윽하다

그대에게

사라봉 팔각정에서

소나무들이 정연하게 들어선 사라봉은
잡티 없는 사랑의 오름이다

갈 지자 모양이 겹쳐지는 길은
모서리를 원만하게 궁글려
가는 듯 돌아오고
길손은 편안하여 사방이 즐겁다

그대에게 정월 끝자락에도 옥매화는 피어 있고
풀잎 파랗게 살아 있어
해풍은 사나워도 양지쪽 인심이다

팔각정에 오르니 시가지가 한눈에 와 닿아
제주시의 심장이 뛰는 소리 들릴 듯하다

바다로 지는 해가 영주십경에 든다는 말대로
섬을 둘러싼 수평선이 반원을 그린다

청정한 미래를 짐작케 하는 사라봉에서
건강한 생각의 가닥이 잡힌다

나 돌아오리라
햇님을 안고 사무친 바다가
하늘과 맞닿은 이곳으로

나 돌아와
남은 날을 노을처럼 뜨겁게 빛으리라

단풍 길

가을 중턱에 자리잡은 길을 걸으니
촌 사람
궁궐에 든 기분이다

죽을 병든 줄도 모르고
단풍은 변신의 극치를 달린다

빨갛고 노랗게 물든 자신감은
떨어져도 당당한 꽃잎이다

나도
남은 날을
날마다

내 안에 단풍으로 물들여야지

그리움은 가을에 물이 오른다

만남의 자리에 고향 사람은
굳이 뿌리를 캐 묻고
동창은 거의 이름을 잊었지만
새삼 알려고 하지 않는다

잊고 잊혀지는 데 이골이 나서
순간으로 족한 줄을 알고 있다

그 중에 각별히 손을 잡는 친구에겐
"늙을 줄을 몰라?" 한 마디 하고
웃기며 웃으며
위로 받고 싶은 마음이 위로를 한다

새침떼기도 떠벌이도 말괄량이도 늙었다

모서리는 닳고 각은 깎이고
거의가 둥글 넙적 닮은 꼴이다

돋나는 것으로 중심을 잡는 도심에 살면서
초가 삼간 텃밭에 마음이 가 있는

그대에게

추억의 풋내음은 가실 줄을 모르고
늙은 날의 허망을 몰아낸다

서로가 서로에게 위안이 되는 동창을
지긋이 바라보면
살아 있는 의미를 찾아 맴도는
그리움은 가을에 물이 오른다

그대에게

장렬한 가을 산

격정에 사로잡힌 단풍잎도
꽃의 유혹 못지 않게
스스로 삶의 의미를 만들어 간다

막다른 골목을 밝히는
계절의 자긍심 못지 않게
노을이 붉은 비탈길에 오르니

장열한 가을산이
천둥 소릴 머금었다

역사(驛舍)를 기다리며

내 고향에도 철길이 놓이고 역사가 들어선단다
옛 집이 헐리고 큰 길이 뚫리고
냇물이 길 아래 홈통으로 빠진 그 곳에
새 역사(驛舍)가 들어서면
나는 자주 새집을 찾아 새롭게 살리라

역사는 단층이겠지
화단은 몇 평이나 될까
이름난 복사꽃 고장이지만
일손 타지 않는 감나무가 길게 늘어서면 좋겠다

새 잎 발랄하고 감꽃 향기 덤덤한 봄이나
햇빛 쏟아지는 여름 날 초록빛 그늘도 그립고
가을 단풍 빨갛게 달구어진 그 길이 끝난 뒤
슬픈 가락처럼 낙엽 지고 산 그림자 짙은 녘에
빈 가지에 알알이 메달린 주황색 감이
열차에서 내리는 손님 환영 일색이면
그보다 더 뜨거운 인사말이 또 있을까
겨울 나그네의 추위를 녹여 줄 뜨거운 물은
손 쉬운 곳을 지키고

맑은 공기를 향해 창은 크게 자리 잡겠지
역사가 고향 집 되면 뜨락은 얼마나 붐비고
기다림은 또 얼마나 감동적일까

어릴 때 놀던 친구 떼 지어
후미진 가슴에 노을빛 고운 추억을 만들어야지
출향인의 밤 길 등대 같은 역사의 신호등은 언제 켜지나

그대에게

사랑의 아쉬움

절정에 지는 꽃
벚꽃나무 아래 똬리를 틀었다

머리엔 화환이
가슴엔 꽃비가
명성이 자자한 의식을 치른다

한 번 가곤
오지 않는 그대 생각에
비틀거리는 나이테를 바로 잡으면
어언 10년,

언제 어디서 우리 다시 만날까
꽃잎이 되어 나를 흔드는
그대 음성 어두워라

차분하게 왔다가
화려하게 떠나는 꽃이 못되어

사랑의 아쉬움은

눈물의 그리움 되고

기약없어도
꽃은 끝내 미소를 잃지 않는다

그대에게

8부

낙조를 바라보며

역사적인 유적이 유달리 많은 섬, 강화도에서
사람의 왕래가 그리운 길, 북성 2리를 달렸다

접근 금지 구역에 자리잡은 산야는
아무데나 깃들어 묵어가고 싶은데

서북 최전방 관측소가 몸을 낮추어
미리 예정된 일행을 맞는다

그대에게

제적봉(制赤峰)은 의미심장하게 우리를 굽어보고
우리는 말뚝이 늘어서서 땅길을 열어주는
통로를 통해 임진강을 굽어본다

만조에 이르는 물길은 하얀 띠를 드러내 보이며
그 옛날 황포 돛대의 속도를 짐작케 하는데
건너마을 북녘땅은 마포나루 가는 강을 생각하는지

망원경 속에 잡힌 아이들은 우리 모두
가슴 아프게 저희를 보는 줄 알기나 한지

분단의 아픔에도 어족은 번성하고
생태계가 건강한 그곳을 떠나
돌아오는 차창에 지는 해가 걸렸다

고려적 미소가 저런 빛깔이었을까
이조시대 이야기가 저렇게 아름다운 결말을 보던가

그 때 그 해가 바로 저 해인 낙조를 바라보며
통일의 기원을 담은 가슴을 달군다

들국화

들국화는 꽃중에 편안한
고향꽃이다

첫서리 내리는 산에 들에 피어
보는 이 없는 안타까운 모습이다

하이얀 꽃, 부운홍 꽃, 옹기종기 모여서
소꿉동무 생각나는 시절 이끈다

소녀가 사랑한 들국화는
노인이 거두어 들이는 구절초였다

'들국화는 무시기 들국화
9월 초 아흐레에 약효가 으뜸이니
그때 꺾는다고 구절초 했는디'

마구잡이 채취하던 손길이 미워
돌맹이를 차며 걷던 소녀도 늙어
미움조차 그리운 향기 서렸다

외딴 곳에 곱분이 꽃 피었는데
눈 먼 옛날의 지팡이 마음
어디를 더듬어 가슴이 아픈가

그대에게

시월에는

시월에는
미련없이 창을 내린다

낮과 밤 사이
후회의 골이 깊어

쓸쓸한 마음을 부채질하는
쌀쌀한 바람이 야속하다

이러한 밤에
형광등을 주인공 삼아
빈 자리마다 촛불을 밝혀 놓고
외로움이 융단 같은 음악을 깔면

밖으로 열린 기대 없어도
막연한 사랑이 찾아들어
가을이 고즈넉한 밤을 덮인다

시월에는
사랑이 아름다운 사람을 위해

가슴 속 거미줄에도
가을이 정색한 노랫말이 열린다

그대에게

가을 바람

가을의 감동은 열매가 말한다

명랑한 햇살의 애무를 받으며
과일은 연지 볼을 붉히고

벼이삭은 영글어
어깨동무 하면서
서툴게 지평선을 이어간다

하루 해가 짧은 마을에
할 일은 많아
일손 없는 근심처럼 저녁 연기 오르는데

잎 먼저 떨어진 감나무마다
고을이 넘치게 감이 익어

차창에 머무는
바람이 지레 붉다

주춧돌

비가 오면 비를 따라
무작정 떠나는 온실 속 마음이
나에게만 있는 겐지

아무도 없는 골짜기에
주춧돌끼리 비를 맞는다

현란한 역사의 속성에 중독되어
풀밭에 앉은 주춧돌들은
설명이 부족한 가슴으로 거창하게 젖고 있다

절 터인지 궁궐 터인지
신라의 주춧돌이 발해의 큰 울음 운다

기억의 섶다리 건너가듯
비 속을 걸어
흥망 성쇠의 근본을 보고

과거를 만난 끝자락이
미래의 시작인 그 자리에

있는 듯 마는 둥 흔적이 희미한 내 곁에
주춧돌은 엄청 크게 있었다

그대에게

가을은 가고

영하를 자맥질하는 기온이
가을을 보쌈해 가고
나는 사뭇 혼자였었다

가을이 가을다워야
우정이 웃지

한해살이 나뭇잎들 초죽음이 되자
수술자국 숨겨 놓은 사람의 가을도 깊어

벗을 버려두고
가진 것 없어도 가라앉았다

핏기 잃은 계절에는
울지 않아도 눈물이 흘러
문안삼아 찾아 온 소식마저
사뭇 영양실조였었다

뻘

여러 차례 홍수 주의보 쏟아지고
여러 곳에 물난리 났습니다

물이 빠지지 않아
먹을 물 찾지 못하는 마을이 여럿입니다

안타까운 마음들이 웅성거리지만
수심(水心)은 줄지 않고 수심(愁心)만 깊네요

오죽하리까

큰일 날 때마다 투입되는 군인들은
어김없는 지상의 천사들입니다

씩씩한 천사들이
진창인 사람의 마음을 달래며

뻘은 밀리고
둑은 쌓이고
길은 열리지만

집 잃고 논 밭 잃은 사람의 상처는
뻔한 뻘밭이지요

정적

산도 나무도 태연히 그림자를 드리워
호수는 깊기도 하다

바람을 맞아들이는 하늘도 있고
구름 한 조각 깔고 앉은 바람도 있다

세상을 떠도는 한의 소리가
기억 상실증을 앓는 시점에
정적은 영감을 얻는 겐지

서둘다가 놓쳐 버린 여유가 쌓여
생각의 기둥이 선다

기억에 의해 설명되는 나를 만나 본 순간이다

말갛게 기쁘고도 천진한 슬픔을
시퍼런 가난이 위협한다

맞서지 않고 납죽 엎디어 쓸개도 간도 무사하다

보기에 시들해도 속이 멀쩡한
과거는 숙연하다

남의 손에 나를 맡겨 안일을 구하느니
혼자 밤길을 걸었노란다

호수와도 같은 정적을 거울삼은
기억은 깊기도 하다

그대에게

11월의 갈림길

가을을 잃는 사람은
가을을 사랑하는 사람보다 복되다

어차피 가을은 떠나야 하고
아픔은 나아지게 마련이지만
사랑을 잃으면
한 해를 다 잃고 마를 테니까

그대에게　가을의 갈림길,
11월을 진하게 안아 보자

보이는 것과 보이지 않는 것의 차이가 있을 뿐
가을은 잃고 우리는 얻었다

가을은 싸늘하게 식어 가고
우리는 따뜻하게 남지 않았는가

겨울 비

소리 없는 비가
생각을 적신다

창 앞에 앉아 있어도
창 밖에 머무는 비에 젖어
바깥 세상 이슬비가 내 안에 가랑비 된다

우리네 삶 거의가
가난에 근거를 두었기에
추위타는 마음이 짐짓 슬퍼진다

침묵이 문단을 이루고
가슴에 줄거리가 살아나면

어쩌다 개인 날 같은 머리도, 가슴도
무엇으로 살기에 자주 내 안에 있지 않다

겨울 가뭄을 다스리는 비는
자연 속에 배어 있는 교양을 느끼게 한다

그대에게

비가 와야 하는 이유는
나를 비켜 있어도

나는 메마른 세상 근심을 익히는
비가 되어 흐른다

그대에게

9부

매화

꽃샘바람 불기도 전에
매화가 우아한 꽃망울 터뜨려
세상을 바꿔놓는다

깜짝 놀란 꽃씨가
하마터면 광배를 벗어날 뻔했다

품위 있는 나무에
고귀한 꽃 피는데

있는 둥 만 둥
근본 속에 감도는 색깔을 일러
홍매화니 청매화라 부르고 있다

매화 향기 은근히 푸르른 날에
봄볕이 붉어지고
사랑이 프리즘을 통과한다

바람이 방향을 틀건마는
매화가 찻잔에 떴는데 청매를 보라

변종이 판을 치는 시대에
팔짱 낀 세대가 식상한 삶터엔
삐딱한 것이 중심에 서고 바른 것이 갸우뚱하다

그대에게

종이 보석함

종이가 풀을 먹고 나무소리를 낸다
한지가 자존심을 살리니 빛깔이며 느낌이 비단이다

풀을 삭힌지 한 달이 지나면
투명해지고 광택이 나면서 변함이 없다고 했다

그렇게 만든 보석함을 얻은 이래 정경부인 부럽지 않았는데
불빛 밝은 밤에 그 빛 더욱 찬연하여 규방 규수 마음이다

수백 편의 시를 썼건만 한지 보석함의 고전미를
따를 말이 없어라

색의 조화로 본 품격이 그러하고 무늬의 배치가
멋스러우면서 아름다웁다

뚜껑을 여니 함성이 터져 나오는 밝은 색상을
지긋이 누르며 청회색 도형이 가운데 앉았다

날개를 아우르는 생물도 같고 금관을 본뜬 무생물도 같고
하여튼 고귀한 그 무엇이다

실낱 같은 두께의 삼색 띠를 가장자리에 두르자니
그 손이 얼마나 떨렸을까!

선이 선을 안고 돌아 어느 빛깔이 근본인지 또한
풍각쟁이인지 알 수 없는 기하학적 무늬가
네 개의 방위를 지켜 있고
모서리마다 그 일각이 내려앉았으니
눈 뿌리인들 오죽 아팠으랴?

그대에게

고맙단 말 하지 못하고
늙은 몸에 무리하면서
아직도 취미 살리고 솜씨 다스리긴가? 나무랐었지

친구여,
참마음은 언제나 보석함처럼 속을 보이지 않았어

9월이 가네

잊혀질까 두려운 9월 곁에
10월이 바싹 다가섰다

자리 바꿈하는 계절에
하늘 더욱 멀어지고
땅바닥은 식어가네

핏기 잃은 나뭇잎 넋두리가
사람의 가슴을 파고든다

풀잎에 깃든 풀벌레 울리면서
9월이 가네

어머니의 쥐약

예쁜 딸이 많았던 우리 어머니
걸핏하면 남의 딸 이야기 끝에 자기 뜻을 전하셨다

'바람이 나도록 보고만 있어?
쥐도 새도 모르게 쥐약을 먹여야지'

어려서부터 귀에 익은 쥐약은
세상에서 하나 뿐인 극약이었다

바람끼 없어도
바람잡는 울 엄니 보시기에
바람이 눈에 띄면 끝장이었다

뒤를 밟는 녀석들이
저희가 바람인 줄을 아는지 모르는지
언니들은 참으로 아슬아슬 했다

홀로 많은 딸을 지키시느라
지혜롭게 대처한 어머니의 쥐약은
고향 떠난 꼬부랑 길 어디서 잊혀졌을까

문득 쥐약 생각나자 떠오르는 그 고운 날들,
그 옛날의 내가 공갈용 쥐약을 몰라보았듯
가신 이들은 그리움이 아픔인 줄을 아시는지—

그대에게

그리움은 시들지 않는다

단조로운 삶에
다복솔 같은 그리움이 있어

푸르른 마음에
그리움을 쫓아
내 안에 푸른 바람 살고 있다

바람은 나를 부풀게 하고
부드럽게 한다

그리움도 그와 같아서
불어나는 푸르름이 산뜻하다

늘푸른 그리움으로
사랑은 시들지 않고

사랑으로
추우나 더우나 사람의 한세상이 힘을 얻는다

만일

만일이란 가정(假定)을
나는 남을 위해 즐겨 쓴다

만일이란 낱말의 약효는
상대를 웃게 하고 행복하게 만들 때
만병 통치다

만일, 내가 너라면,
만일, 내가 거기 있었다면,
만일은 내가 그 무엇이 되는 꿈의 첫걸음이다

만일은 그 누구도 주눅들지 않게 한다
만일은 만인을 자유롭게 한다

현실 속에 굳어진 자화상도
삶의 현장에서 익힌 신념도
기꺼이 자리를 양보하는 만일,

만일을 지렛대로 쓰되
무리하지 않으면
성공은 욕심이 없는 한 각자의 차지다

소나무

험난한 세상 길잡이 같은 나무,
안전벨트처럼 우리네 삶을 감싼
산에 푸른 소나무!

솔잎가루 생식하는 선승이 아니어도
노송을 그리는 화가가 아니어도
소나무 기개(氣槪) 앞에 다소곳한 인간입니다

암울했던 보릿고개에
낫들고 어린 자식 이끌고 산에 오른 아버지들
소나무 껍질 벗겨 송기떡 만들고
하얀 속껍질은 어린 자식 먹이려
한 걸음 뒤로 물러선 부정은 눈물겨웠습니다

그대에게

그 때 그 소나무들 목숨 바쳐 얼마나 많은 생명을 구했는지
나무는 말이 없어도 이 땅의 어버이가 잊으리잇까

은공이라 말하지 않겠습니다
면목 없단 말도 하지 않겠습니다
달리는 어떻게도 살 길이 없었다고 아룁니다

늦게나마 살아남은 사람들이 보살펴
소나무는 옛같이 푸르고
그 아래
우리들 착하게 살 것입니다

그대에게

담쟁이

나는 뿌리의 근성이다
나는 주어진 길에 거리낌이 없다

나의 충실한 부착근(附着根)은
땅이나 바위나 등걸을 가리지 않고

돌담이나 벽돌 벽이나 콘크리트 구조물을
불평하지 않는다

요행을 바라지 않고
오직 앞으로 나아갈 뿐이다

갖은 풍상에도 매끈하고 아담한 잎을 보라

열성은 진초록 장막을 두텁게 하나
결말은 진홍에 이르는 축제 분위기다

작은 꽃 피고 알찬 열매 맺은 뒤
가을 가고 겨울걷이로
얽히고 설킨 내 집의 뼈대를 보라

삶의 의무를 다하고 실망은 없다

난관을 극복하는 담쟁이,
그럴싸하고 자랑스럽지 않은가

그대에게

제발, 이제 그만

태풍 '매미'가 훑고 간 자리는
갈수록 늘어나고 볼수록 참담하다

군이 앞장서고 자원 봉사자가 줄을 잇지만
수재민의 고통은 그 끝이 보이지 않는다

길이 끊어지고 둑이 무너지고
농경지와 거주지의 경계가 허물어져
삶의 터전이 온통 뻘밭이다

수십 톤의 구조물이 날아가고
중장비가 장난감처럼 망가진 현장에
접근하는 인간의 힘은 너무 왜소하다

수백 억이 횡행하던 정치판도는
그렇게도 거대한 힘을 어디에 쏟아 놓고
우리네 삶이 이토록 부실한가

수재민은 허탈하여 더는 살고 싶지 않다 하고
우리는 더 이상 눈가림 방재 대책에 속고 싶지 않다

상습 피해 지역에 반복되는 국력 소모는
제발, 이제 그만.

섶다리

오! 저 섶다리!
보잘것 없는 과거 속에서 엉금 엉금 기어나와
기억의 통로를 가로막고 날 좀 보소! 하는 다리,

섶다리는 슬픔을 일깨우는 세월의 다리,
과거 속에 사라져 간 사랑의 다리다.

우리 모두의 마음을 아프게 하는
가난이 네 발로 넘나들었지,

지금은 냇물 가운데 두 팔 벌려
관광객을 맞이하는 구실을 한다.

볼 거리가 보물인 시대를 맞아
바라만 보아도 매력적인
오! 저 섶다리.

10부

상상은 진행형이다

상상이 사로잡는 이 한 세상

상상은 진행형이다
살아 있는 즐거움이다

상상은 한계를 알지 못하는
산 자만의 특권이다

그대에게

상상의 밧줄을 타고 천국에 오르고
상상의 나래 펴 지혜를 구한다

상상의 가벼움은 생각의 힘

지칠 줄 모르는 상상을 따라
거침없는 주인이었고
풍부한 상상 속에 행복했었다

불가능을 가능으로 이끄는 상상은
그 무엇에도 구애받지 않는 진행형이다

옹달샘

산골 물이 마침내 바다에 이르러
하얀 차돌 바위들이 검은 갯바위를 만나는 지점이
아주 작은 갯마을 부경리입니다

개울가에 반듯한 우물이 있었으나
사람들은 걸핏하면 파도가 삼키고
비가 오면 흙탕물이 삼키는 옹달샘을
더욱 사랑하고 있었습니다

집집마다 크디큰 물독이
부엌 바닥에 발목을 묻은 채
궂은 날을 대비하고 있었지요

바가지엔 고동이 살아서 우글거리고
텃밭엔 푸성귀가 해풍에 강건했습니다

밤낮을 가리지 않는 파도 소리 사이
논두렁 물소리는 청아하고
소 울음소리 흐드러진 그 곳에도
개발 바람이 몰아쳤어요

언젠가는 잊혀져야 할 흐름에도 여울이 있어
기억의 수레바퀴는 맴을 돌고
운명의 씨앗을 숨긴 옹달샘은
아직도 온전히 그리운 얼굴입니다

그대에게

이정표(里程標)

호젓한 시골길에
홀로 있는 이정표가
혼자라는 생각을 떨쳐준다

갈 길이. 얼마나 남았는지
방향은 제대로 잡았는지
길손을 챙기는 이정표(里程標),

이 정표(情表)!

술 한 잔의 역사

술은 인종만큼이나 다양한 전통을 지닌다

향기와 맛과 빛깔이 재료의 영향을 받고
술을 빚는 과정이 환경의 지배를 받는다

귀족적인 명성에
희소가치가 예우를 받는가 하면

서민적인 향수에
후한 인심이 곁들여 있다

술은 추위를 녹여주고
마음을 열어주는 약물이지만
인품을 망가뜨리는 구정물이 되기도 한다

외유에서 돌아오는 國害의원 본을 보고
청소년이 기울이는 고가의 양주잔은
뉴스 시간대에 내출혈을 일으키지 않았는가

그래도

비법의 술은 숨어 근본을 살리고

민족성에 버금가는
술 한 잔의 역사는
인류사에 길이 흘러 스스로 맑아진다

그대에게

무궁화

나라꽃 무궁화는
아침의 기상이다

떠오르는 태양을
맨 먼저 맞이하는 꽃 중의 꽃이다

연보라 연분홍 하얀 꽃잎 등
그 빛깔 다양하나
우유빛 꽃술을 받든 심지는
한결같이 뚜렷한 홍자색이다

꽃잎 뿔뿔이 흩어지는 일 없는
한 통속의 꽃
가지 많은 나무를 휩싸고 피어
듬직한 꽃

무궁화는
볼품있게 끈질기게
긴 긴 여름을 가꾸어 나간다

울타리에 걸맞는 무궁화 나무에
꿋꿋한 정신의 꽃이 피면

무궁화 동산은
세계 속에 엄연한 아침의 나라다

멍텅구리

떠난 사람이나
남은 사람이나
정신 나간 짓거리는 미웁지요
한없이 미웠었지요

때가 지나면
그만큼
그리움이 애절한 줄 알았겠어요
행여나 했겠어요

돌아온 미움은 사랑이었어요
사랑의 욕심이
심한 소화불량이었어요

사람은 가고
때는 흘러
사랑이 펄펄 끓는 나를 어찌하리까

한 번 떠난 물길은 돌릴 수가 없어요

비가 오면

열흘 넘어 물 속에 잠긴 삶의 터전에
이렇게 끊임없이 비가 오면
수재민 사정에 진창이 따로 없습니다

어느 때는
비 소리를 자장가 삼아 잠이 들었지요
지금은 비 소리를 원망하며 잠이 떠내려 갑니다

물이 점령했던 집은 무너지고
멀쩡한 집도 속 골병 들었답니다

홍수에 죽사리 친 그 땅에
죽치고 사는 사정 몰라라 하십니까

보고 들은 가난이 병이 되어
고문을 면치 못하는 비 소식입니다

가난이
인간의 본래 모습일진대
어찌 편히 잠드리오

자원 봉사자

태풍이 할퀴고 간 절망의 땅에
식수가 없어
밥을 지고 가는 자원 봉사자가 줄을 이었다

땀 투성이, 흙 투성이, 먼지 투성이

어제도 오늘도
나는 그들이 무지 부럽다

그들의 건강이,
그 마음의 사랑이,
그들 모두의 숭고한 정신이,

수재민의 한숨을 거두어 주는
그들의 수고가 자랑스럽고
더러워진 그들의 뒷모습이 진정 뿌듯하고 아름답다

자원 봉사자!

그 귀한 이름 앞에 주눅들어 마땅한 나이에

내가 이러하거늘
그들의 가족은 얼마나 흐뭇하고 떳떳할까!

몸을 던져
아픔을 달래주는 일손에
영광 있으라

그대에게

비 오는 제주

비를 피해 있어도 젖고 마는 마음은
노래로 사랑으로 날아간다

날아서 황홀한 나비가 못 되어
비에 젖어 발랄한 꽃이 못 되어
감기 들던 가난이 떠나간 이래

비바람에 뻗어나는 길을 따라
젖는 것은 오직 기다림 뿐

섬을 포장한 풀뿌리 정신은
너털웃음 웃으며 비를 맞는다

종려나무 같이
소철과도 같이

크리스마스 트리

동화 속에서 걸어나온 나무,
크리스마스 트리가 있는 곳에
겨울이 설렌다

기쁨을 나누는 속성으로 인하여
보는 이가 많은 만큼 번성하는 나무다

특급 호텔 장식용 초대형 트리가 아니어도
상록수에 은박지 금박지 반짝이고
솜 눈이 내리면
크리스마스 시즌을 통털어
가장 행복한 조형물이다

어린이의 가슴에 종이 울리고 별이 빛나고
무수한 꼬마 전등이
쌴타 할아버지의 하늘길을 가리키니까

아기 예수 탄생은 알지 못해도
아이들의 성탄목은 상상의 나무다

그대에게

온갖 꿈이 주렁주렁 열리도록
사랑을 실천하는 나무다

그대에게

11부

현충원에서

여든 네번째 맞이한 3.1운동 기념일에
예문회에서는 영해 항일 의병장
신돌석 장군의 묘소를 참배했다

제 3 장군 묘역으로 통하는 길을 따라
눈길 가는 곳마다 질서정연하게 늘어선 비석에는
한결같이 피끓는 젊음이 각인되어 있고
우리들은 마치 부동자세로 맞이하는 장병들을
아주 멀리서 바라보는 느낌이었다

너무 경직된 마음에서 그러했는지
착각은 오래 가지 않아 생각의 유연성을 회복했지만
그 수를 가늠하기조차 힘든 순국 영령이 있어
우리의 오늘이 있었거늘
그 뜻을 새김질할 겨를없이 살아온 날들이
어찌나 죄스런지
지금껏 언어로만 존재해 온 나라 사랑이
내 안에 지극한 아픔으로 꿈틀거렸다

모두의 침묵이 그와 같아서

이은식 회장의 헌사가
진혼곡만큼이나 엄숙한 파장을 그리며
국립묘지 어디까지 퍼져 나갔다

신돌석 장군은
노략질을 일삼던 왜적을 울리고
우리들의 울분의 역사를 달래주신
고향 땅의 자랑이요
영원히 지지 않는 고향 하늘의 별이었다

모니터 앞에서

모니터 앞에 앉으면
시간을 빼앗긴다는 사람과
활력이 생긴다는 사람이 있다

전자는 눈을 뜨고 마음을 닫았지만
후자는 망막 깊숙이 졸고 있는 의지를 움직여
지식의 폭을 넓히고 삶의 질을 높인다

호기심의 세상을 기웃거리는 사람과
진지한 삶의 물갈이에 나선 사람은
마음의 무게와 크기가 다르다

대화를 통해 사람을 이해하고
산만한 생각의 가닥을 잡노라면
갈수록 편안하고 마음의 새 살 돋으리라

그 어디에 있어도 소식 닿고 문안 이어지는데
삶이 즐겁지 않으랴
어찌 정이 쌓이지 않으랴

모니터 앞에서
순화되고 적절하게 시간을 단속하면
숨은 잠재력이 세상을 얻는다

달 밝은 밤에

달 밝은 밤에
잘 보이려고
안달하는 건달 정신이 은파에 실렸다

끝없이 거닐고 싶은 해안길이
카페 촌에 이르러

군데 군데 자리잡은 삼색 조명등은
갯바위에 헝클어진 파도의 위상을 드높인다

밤은 밝고 이야기는 취하여
휘청거리는 불빛, 달빛, 거기 곁들인 황홀!

마시지 않았어도
내 안에 달이 떠 있다

8월에는

불끈 숫은 태양 같은 달,
8월에는
옥죄인 살갗을 그늘에 헹궈도
과일향이 서린다

기상의 기분따라
사람의 일정따라
아침은 날마다 새 단장이다

시골길에
신선한 만남이 좋아
황혼이 더욱 황홀한 하루

목말랐던 만큼 푸짐한 순간들을
책 갈피에 새기니
산과 바다로 오가는 길은 모두 고향으로 통한다

한 해의 배꼽 부위에 뜬 달,
8월에는
닫힌 마음에도 갇힌 생각에도 길이 열려
모르는 사람도 낯설지가 않다

국화

국화는 근엄한 꽃이다

선녀들이 캠직한 쑥 같은데
영화로운 꽃송이를 받들고 있어
영적으로 칭송 받아 마땅하다

가을을 대표하는 꽃인가 하면
향내는 깊고
수명은 길어 쉬이 변하지 않는다

차가 되고 술이 되고 전병이 되어
남녀 노소 가리지 않고 사랑하였기로
화분에 드나
화환으로 엮어지나
국화꽃은 차분하게 자리값을 한다

초가 삼간 화단에 피어 있던 꽃이
도심 한가운데 놓여 있어도
그 명성에 손색이 없다

옛날과 오늘을 아우르듯이
담담하게 내일을 약속하는 꽃

국화가 피면서 가을이 오고
국화가 시들면서 국화주가 익는다

그대에게

진화의 길

진화의 길은 얼마나 더딘지
둥근 지구 표면에 묻어 사는 우리가
우수수 우주 공간으로 떨어지지 않아도 될 만큼 편했다

변화의 와중에 있어
생명은 녹슬지 않고
나는 폭발하지 않아도 된다

곳곳에 시시때때 아기가 태어나
아기들 때문에
퇴행성 삶도 거뜬히 강을 건넌다

아가들 자라나
저마다 우쭐해 있어도
생애를 물수제비 뜨는 물마루마다
그들이 번뜩이고
아가를 안은 기억이 가지를 친다

오늘도
옥매화보다 해맑간 아기가

손을 뻗어
꽃이 피나 꽃이 지나
꽃나무 가지에 춤바람 인다

그대에게

초당 글씨 앞에서

초당 선생 글씨는
예의와 도리를 다하되
법도에 갇히기를 거부한다

각각의 내재율은
상생 보완하면서
극치를 달리고

멋에 능란하여
그를 쫓는 시선이
충만하다

그 온화한 성품 어디에서
이 같은 기백이 나타나는가

보고 또 보고
마냥 보다가
높은 경지에 이른다

청산도 앞에서

운보의 청산도에
저 물 소리 좀 봐

청산이 건듯 나를 들어올리니
마음의 귀 열리고
바람이 보이네

목동의 천하에 노니는 것 가운데
이름없는 것들에 낙이 있어

산에 사는 녹음이 말을 하니
울창하고 울울한 가슴에 안겼네

온갖 것이 이리도 아름다운 노릇을
넌지시 일러주는 물을 좀 봐

청산에서 살던 가락
땅심을 높이네

메아리를 위하여

그대여
어느 길로 오시는지 알 길이 없어
문턱이 닳도록 서성입니다

모습을 몰라
기쁨 못지 않은 근심이 줄을 서고
만남의 시간이 두근거립니다

하늘 아래 그윽한 그대여
첫 인상도 숱하게 전해 오는 수식어처럼
감동적이면 좋겠습니다

보라빛 옷에 금박 입혀
침묵으로 오신다는 그대 위해
나는 너무 많은 나를 조심했습니다

밤잠을 설치고 낮잠을 물리친 기다림이
묵묵히 땀에 젖은 사연을 아십니까

그대가 품고 있는 사랑의 메아리에

귀 기울이기 위함입니다

지칠 줄 모르는 메아리를 위하여
그대 오소서

축복의 말씀처럼
그대 어서 오소서

그대에게

새해맞이

오! 햇님,

우리의 우주를 보시는 빛이여
생명을 맡으신 힘이시여,

숨막히는 어제의 해넘이 순간도
장엄한 오늘의 해돋이 순간도

그리고 이어지는
사람의 탄식과 환호의 소리도

낮과 밤의 평정을 찾기 위한
시작이었습니다

높이 오르고 멀리 가고 앞지르기 하는 마음은
소외된 평상심을 일구어 자존심을 심고

제자리 지키는 마음은 신선한 몸가짐으로
햇님 생각에 빛납니다

오! 햇님,

오고 가는 해가 둘이 아니듯이
오고 가는 길이 따로 있지 않고
오로지 내 안에 있다고 하십니까

인터넷 시대에 걸맞게 홈페이지에 열심히 시를 쓰면 할 일 다 하는 것으로 알고 있었습니다. 직접 나서지 않아도 세계 여성문학 도서관이나 한국문학 도서관을 통해 미국이나 캐나다 교포 사회 여러분으로부터 꾸준히 격려의 말씀을 들을 수 있었으니까요. 그런데 시집을 발간하는 것이 거의가 컴맹인 친구들과 함께 하는 길이며 사이버 공간 떠돌이가 현실 세계에 굳건히 발을 딛는 뜻이라기에 다시 책을 엮게 되었습니다.

나이에 걸맞지 않게 너무 무리해서 다작하는 것이 아닌가 경계하는 눈빛도 있었지만 시가 어디 애쓴다고 쓰이는 것입니까.

얕은 잠에 깊은 밤이 원인이기도 하고, 할 일 없는 긴 해가 황혼을 달아오르게 하는 까닭이지요.

발바닥에 굳은 살 박히도록 바삐 살아 본 적은 없지만 생각에 이끼 끼이고 마음에 먼지 앉도록 게을리 살지는 않은 증거인지 자신이 느끼기에도 시는 분명 다산입니다. 제가 언제 어디서나 웃음을 잃지 않고 시어를 고르듯 여러분도 사랑으로 이들을 음

미해 주신다면 더 바랄 것이 없겠습니다.

　유연성을 잃지 않는 한 사물은 사랑의 모습으로 다가옵니다.
　일손 놓은 삶의 먼 발치에서 어찌 아름다움을 노래하지 않고 지나칠 수 있겠어요. 순간을 낚는 렌즈의 감각으로 추억을 만들고 우리의 소중한 하루 하루가 무심히 지나가지 않도록 생명을 불어넣어야 하겠습니다.
　습관처럼 벗기 힘든 옷도 없다고 했지요.
　어둠을 몰아내는 세상 빛과 스스로 밝아지는 마음의 빛 가운데 아무도 흉내 낼 수 없는 생각의 자유란 얻어지는 것이 아니라 개발하는 것이었습니다.

　여섯 번째 시집을 엮어도 아직 수 백 편의 시가 햇빛 볼 날을 기다리는 실정입니다. 너무 시가 읽히지 않아서요.
　시의 흡인력이 부족한 탓인지, 글을 멀리하는 겉치레 세상 탓인지 진정 알고 싶습니다. 또 다시 결과를 기대하면서—.

2004년 새봄에
아차산 기슭에서 **이현정** 씀

이현정 제6시집

그대에게

지은이 / 이현정
펴낸이 / 김재엽
펴낸곳 / 한누리미디어

100-845, 서울시 중구 을지로 2가 148-73
신화빌딩 401호
전화 / (02)2278-4513, 2268-4514
팩스 / (02)2268-4524

등록 / 제16-467호(1993. 11. 4)

초판발행일 / 2004년 3월 15일

ⓒ 2004 이현정 Printed in KOREA

값 10,000원

E-mail/hannury2003@hanmail.net

※잘못된 책은 바꿔드립니다.
※저자와의 협약으로 인지는 생략합니다.

ISBN 89-7969-245-5 03810